El libro de contar
de los chocolates

m&m's ®
BRAND

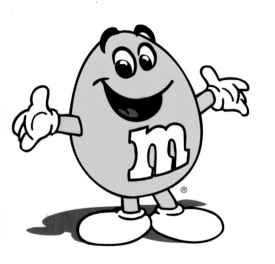

por Barbara Barbieri McGrath

Traducido por Teresa Mlawer

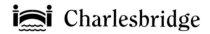 Charlesbridge

La autora quiere agradecer a las siguientes personas por su paciencia y por su colaboración:
Will M., Roger y Dianne G., Albert B. Jr., Joanne B., Jerry P., John B.,
Mary Ann S., Sue S., Drew Y., M y D, y Karen S.

Este libro va dedicado con amor a Will, Emily, y W. Louis
— *Barbara Barbieri McGrath*

Published by Charlesbridge Publishing
85 Main Street
Watertown, MA 02172-4411
(617) 926-0329

Printed in the United States of America
This book was printed on recycled paper.
10 9 8 7 6 5 4 3 2

Library of Congress Cataloging-in-Publication Data
McGrath, Barbara Barbieri, 1954-
["M&M's"® brand chocolate candies counting book. Spanish]
El libro de contar de los chocolates "M&M's"® Brand / Barbara
Barbieri McGrath; [traducido por Teresa Mlawer].
p. cm.
Summary: Uses familiar chocolate candies to introduce colors
and numbers from one to twelve, as well as sets, shapes, and
subtraction.
ISBN 0-88106-903-5 (softcover)
1. Counting — Juvenile literature. 2. Colors — Juvenile
literature. [1. Counting. 2. Color. 3. Spanish language
materials.] I. Title.
QA113.M393718   1996
513'.13—dc20
[E]
96-945

Consultora
Ann Foley, maestra de segundo grado
Eisenhower Elementary School, Wauwatosa, Wisconsin

"M&M's," "M," the "M&M's" character, and the distinctive packaging for
"M&M's" candies are trademarks and the subject of proprietary rights used
under license and with authority of the owner.

El número de confites que contiene los paquetes de chocolates "M&M's"
puede variar. Como resultado, es probable que no haya suficientes
confites de un mismo color para completar la cantidad que se necesita
para seguir las reglas del juego de este libro.

Prepara los confites.
Vamos a comenzar.
¡Este libro de contar,
mucho te va a gustar!

Adivina los colores
Y uno nuevo encontrarás . . .

¡Marrón!

¡Verde!

¡Anaranjado!

¡Rojo!

¡Amarillo!

y

¡Azul!

 ¡Cuántos colores! ¡Qué divertido! Sepáralos como hago yo y cuenta hasta el número seis.

Uno azul

1
Uno

Dos verdes

2

Dos

Tres anaranjados

¡Acabas de comenzar,
aún te quedan muchos por contar!

3

Tres

Cuatro amarillos

4

Cuatro

Cinco rojos

5

Cinco

Seis marrones.

¡Bravo!

6
Seis

Hasta el doce hemos de llegar.
O sea, una docena debemos contar.

Separa los seis de color marrón.

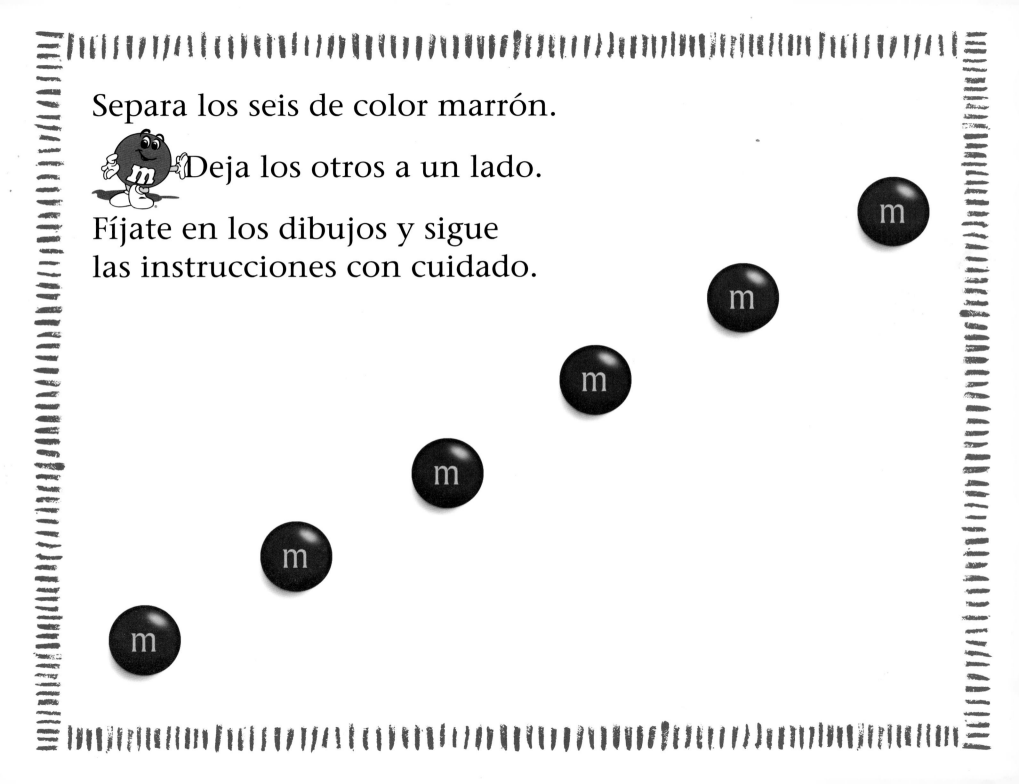

Deja los otros a un lado.

Fíjate en los dibujos y sigue
las instrucciones con cuidado.

Añade uno azul para llegar a siete . . . ¡Qué bien!

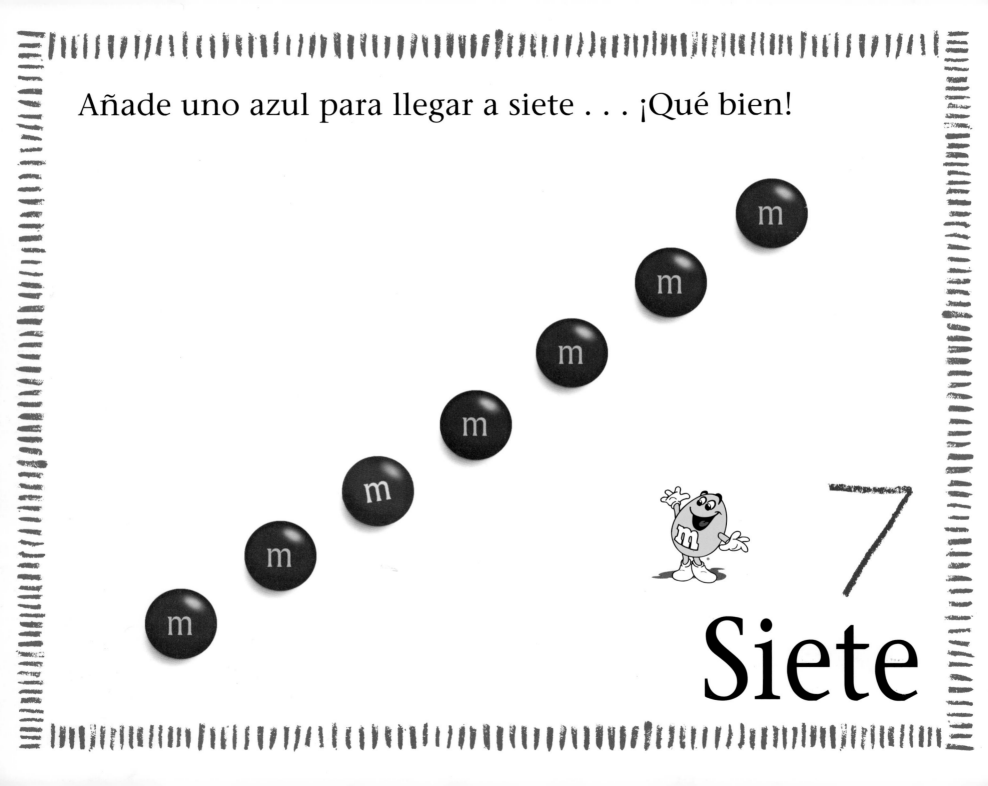

7

Siete

Coloca uno verde en el medio.
¡Ahora ya tienes ocho!

8

Ocho

Añade uno rojo para llegar a nueve y luego . . .

9

Nueve

¡Agrega uno anaranjado
y a diez habrás llegado!

10
Diez

Para llegar a once, añade uno amarillo.

11

Once

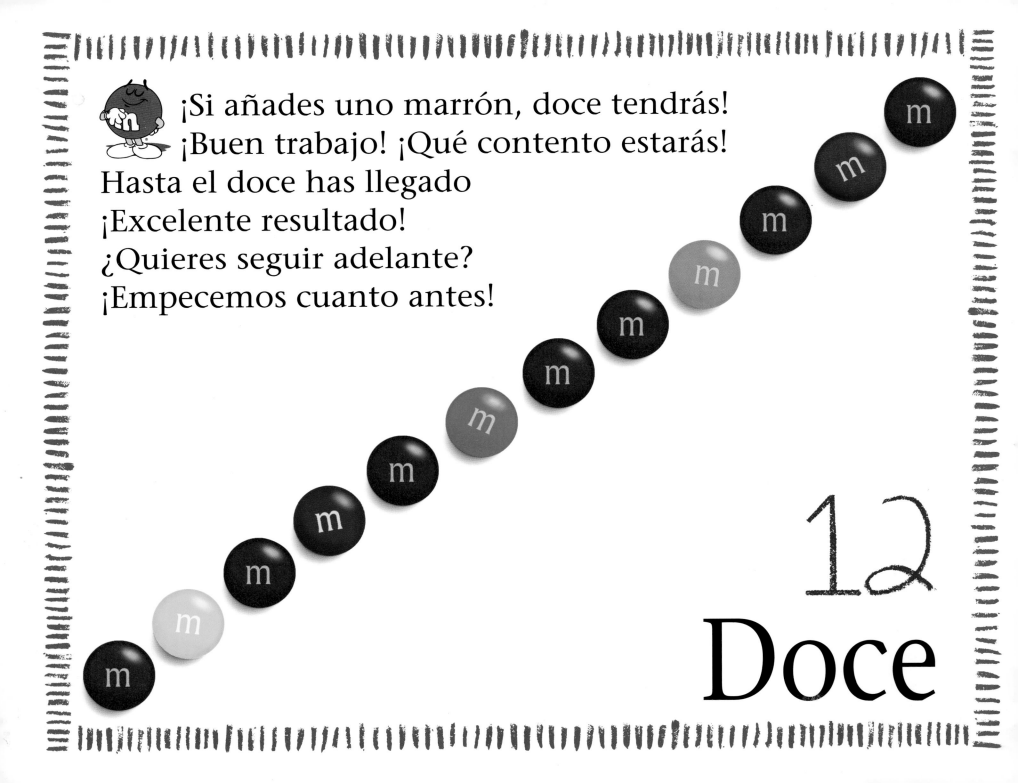

¡Si añades uno marrón, doce tendrás!
¡Buen trabajo! ¡Qué contento estarás!
Hasta el doce has llegado
¡Excelente resultado!
¿Quieres seguir adelante?
¡Empecemos cuanto antes!

12
Doce

Ahora, coloca doce confites
en fila hasta formar una línea.
Esto se llama un conjunto.
¡Ves que de cosas puedes aprender!

1 conjunto
Un conjunto

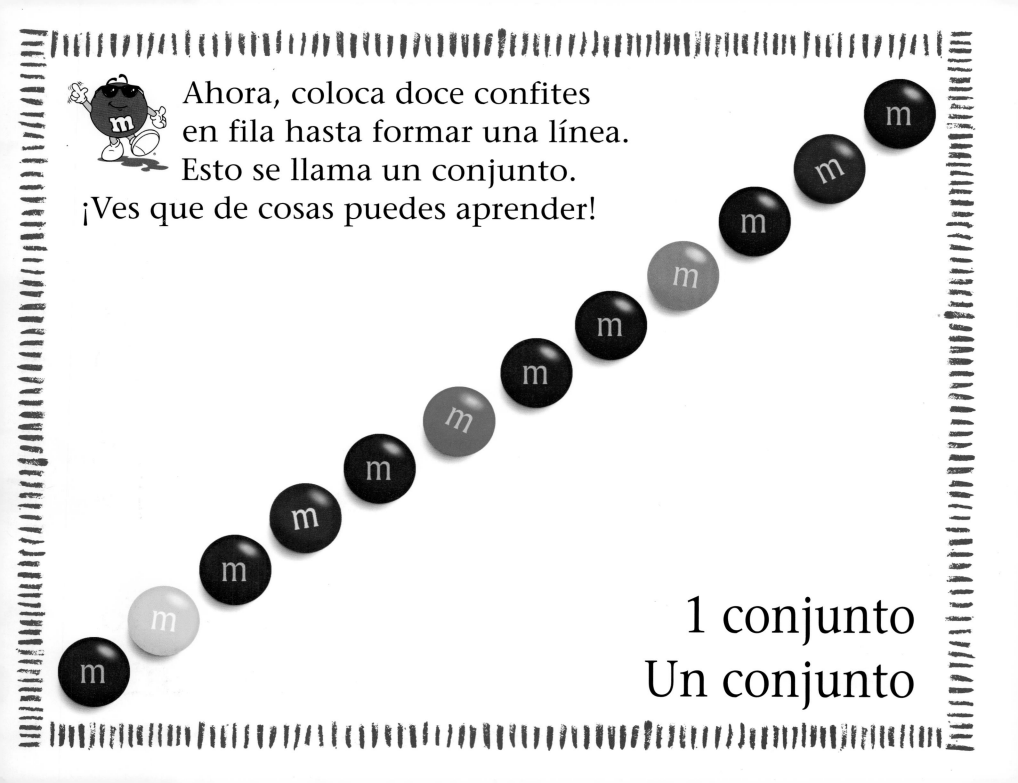

Coloca seis grupos de dos. Es muy sencillo, ya verás.
¿Cuál es el resultado? ¡Seis conjuntos de dos!

$$\begin{array}{r} 2 \\ 2 \\ 2 \\ 2 \\ 2 \\ + 2 \\ \hline 12 \end{array}$$

6 conjuntos
Seis conjuntos

Ahora, coloca tres grupos de cuatro,
a ver cuál es el resultado.
Cuéntalos. ¿Cuántos confites hay?
¡Doce! ¡Nada ha cambiado!

$$
\begin{array}{r}
4 \\
4 \\
+\,4 \\
\hline
12
\end{array}
$$

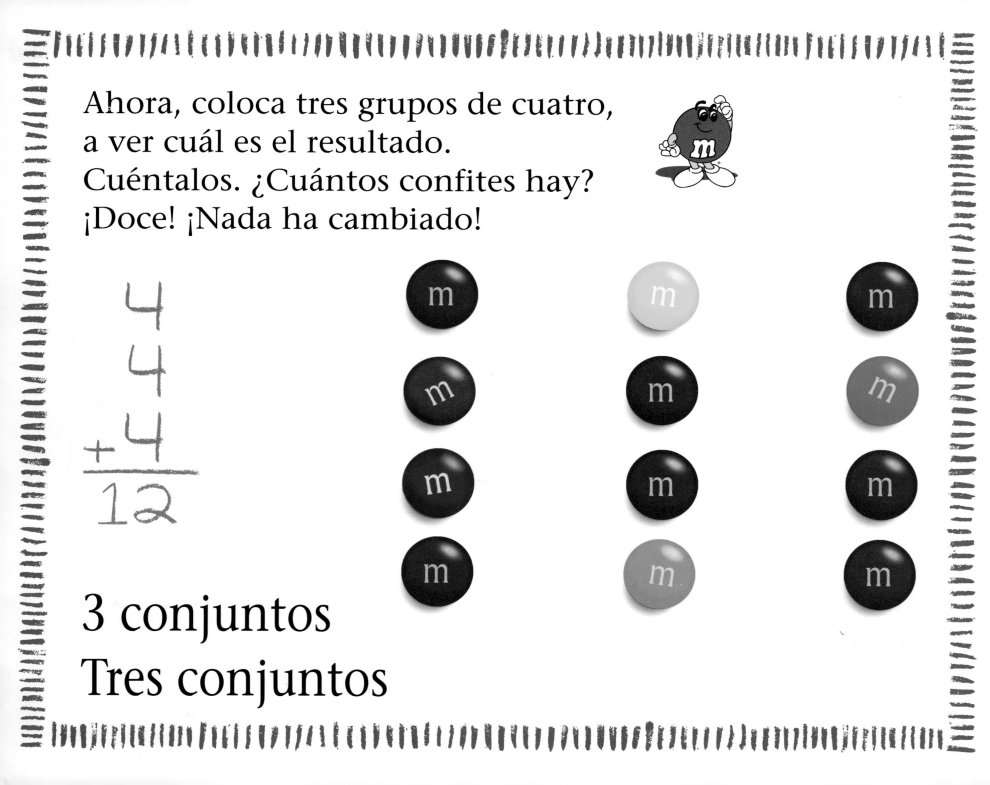

3 conjuntos

Tres conjuntos

Ahora, forma cuatro grupos de tres.
El resultado es doce otra vez.

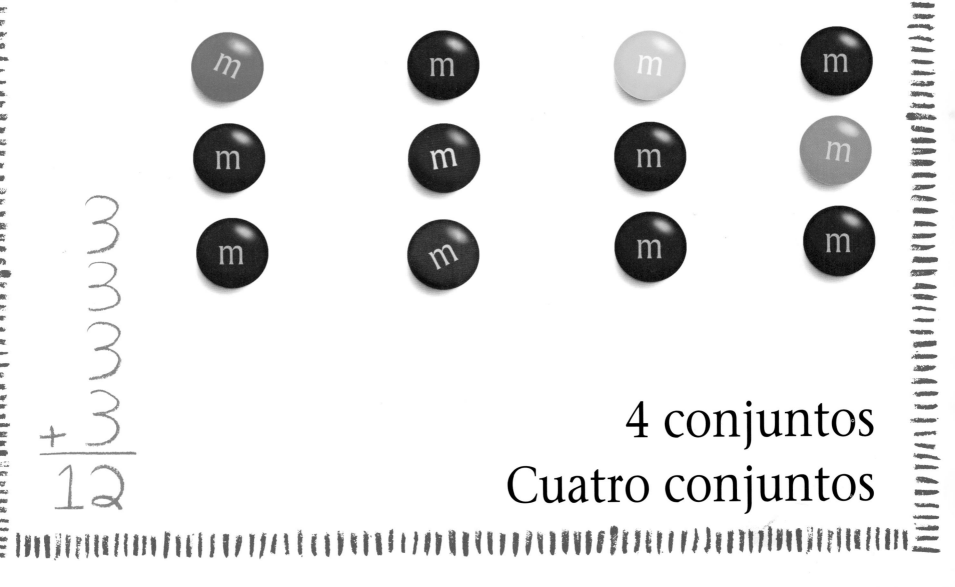

3
3
3
+ 3
───
12

4 conjuntos
Cuatro conjuntos

Haz dos conjuntos de seis. ¡Qué facilidad!
Ya que lo has hecho tan bien,
hagamos otra actividad.

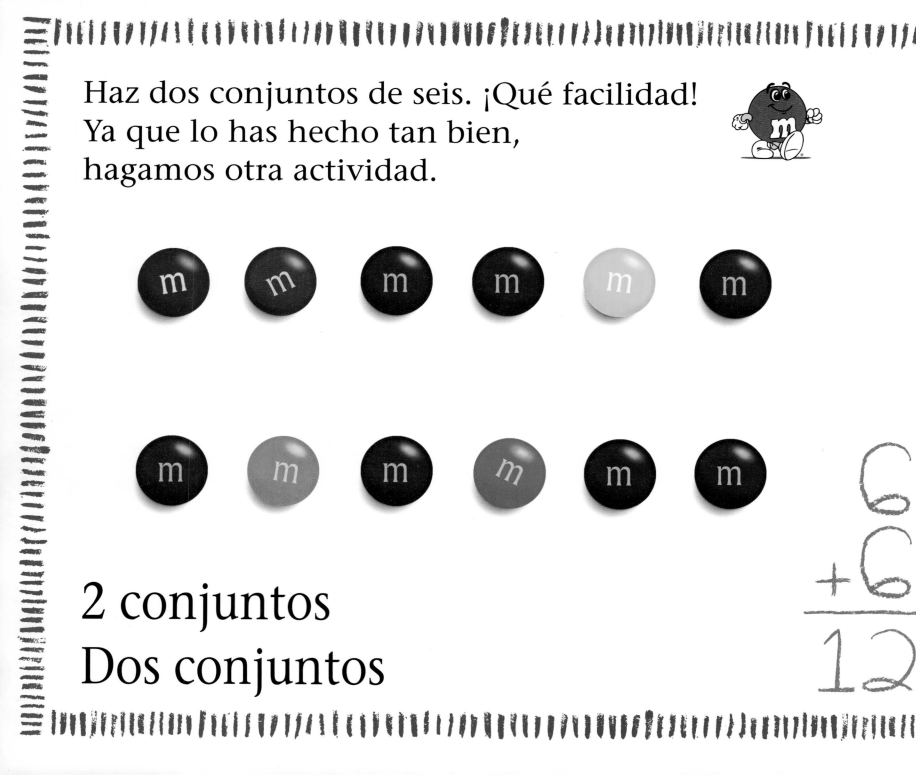

2 conjuntos

Dos conjuntos

$$\begin{array}{r} 6 \\ +6 \\ \hline 12 \end{array}$$

Coloca los doce confites en forma de cuadrado.
Un cuadrado tiene cuatro lados. Cuéntalos con cuidado.

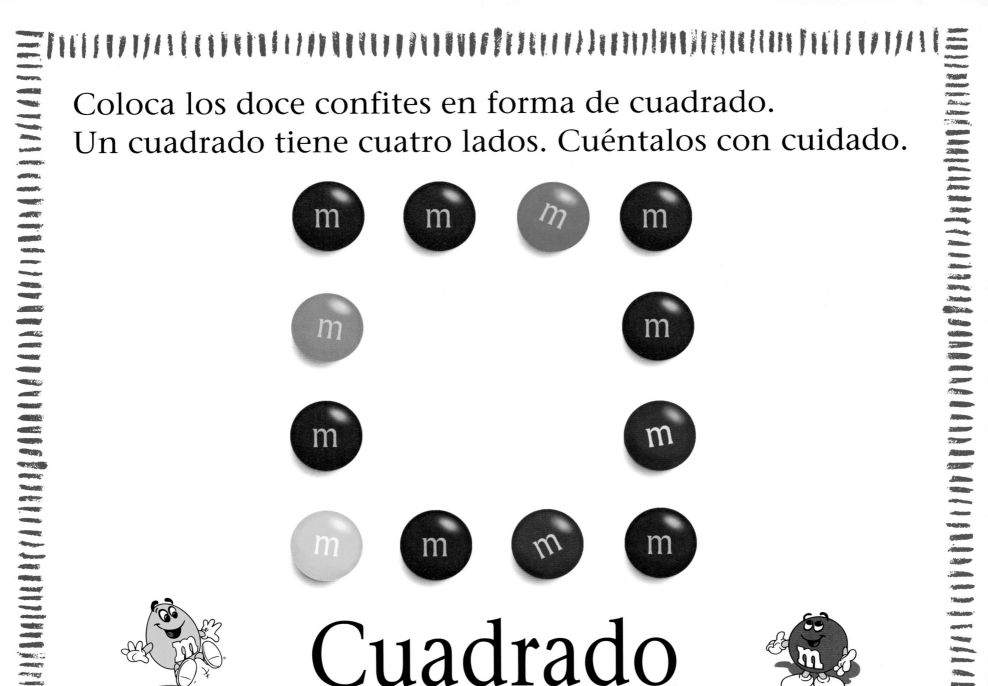

Cuadrado

Cambia el cuadrado a un círculo, grande, de forma circular.
El comienzo de un círculo, es difícil de encontrar.

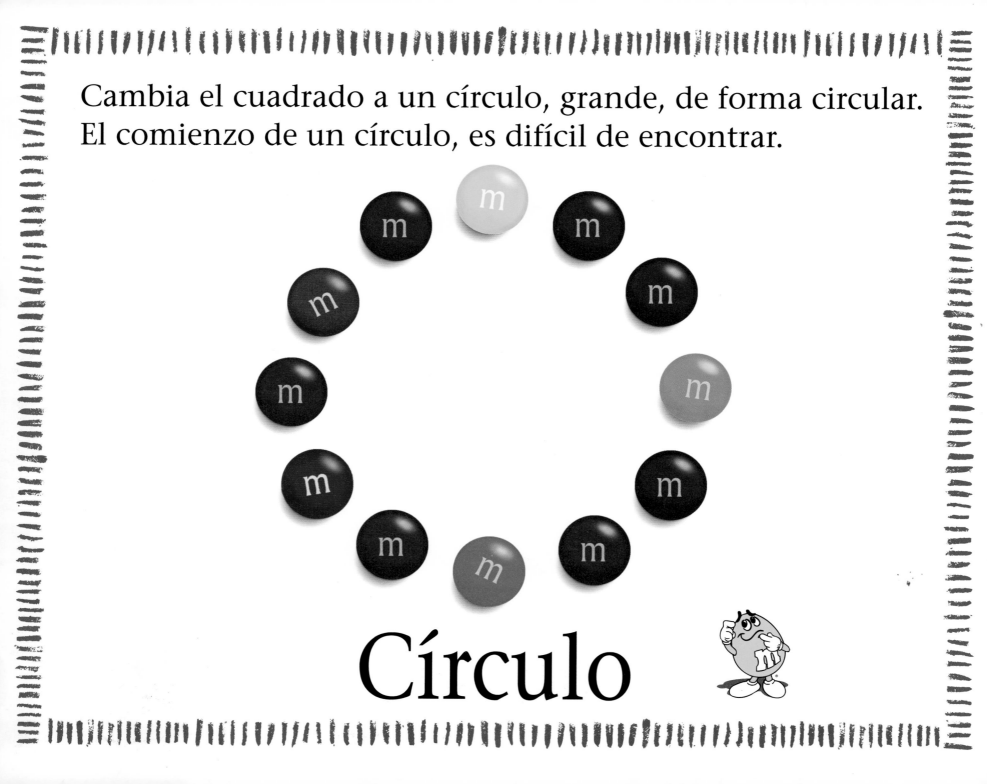

Círculo

Y para terminar, un triángulo has de formar.
Tiene tres lados y en punta las esquinas deben terminar.

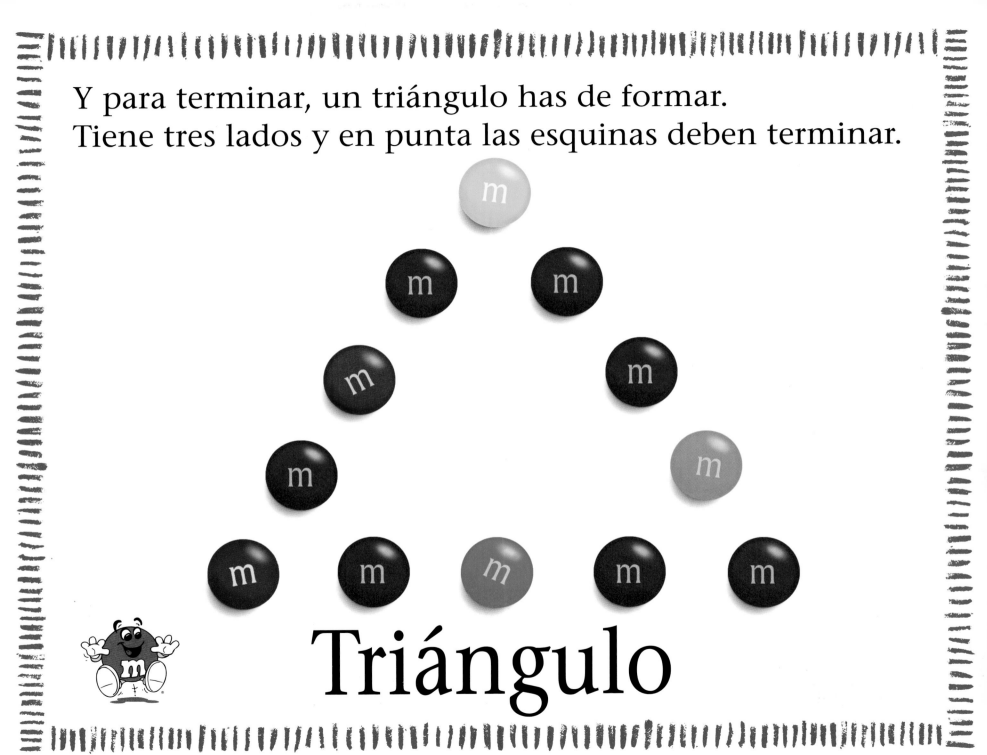

Triángulo

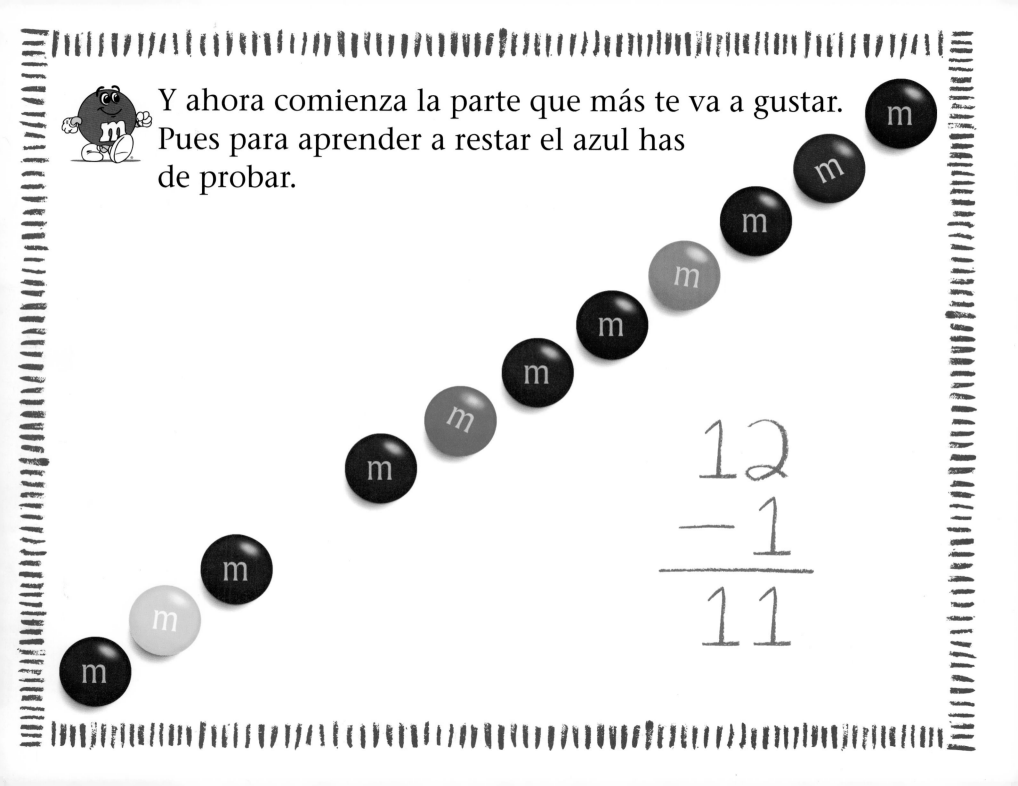

Y ahora comienza la parte que más te va a gustar. Pues para aprender a restar el azul has de probar.

$$\begin{array}{r} 12 \\ -1 \\ \hline 11 \end{array}$$

 Si los cuentas, ya verás, once te han de quedar.
Ahora, le toca al marrón.
¡Cómete los siete, glotón!

$$\begin{array}{r} 11 \\ -7 \\ \hline 4 \end{array}$$

 Sólo cuatro tienes ya. Ahora, le toca al verde.
Tan sólo quedan el rojo, el amarillo
y el anaranjado.

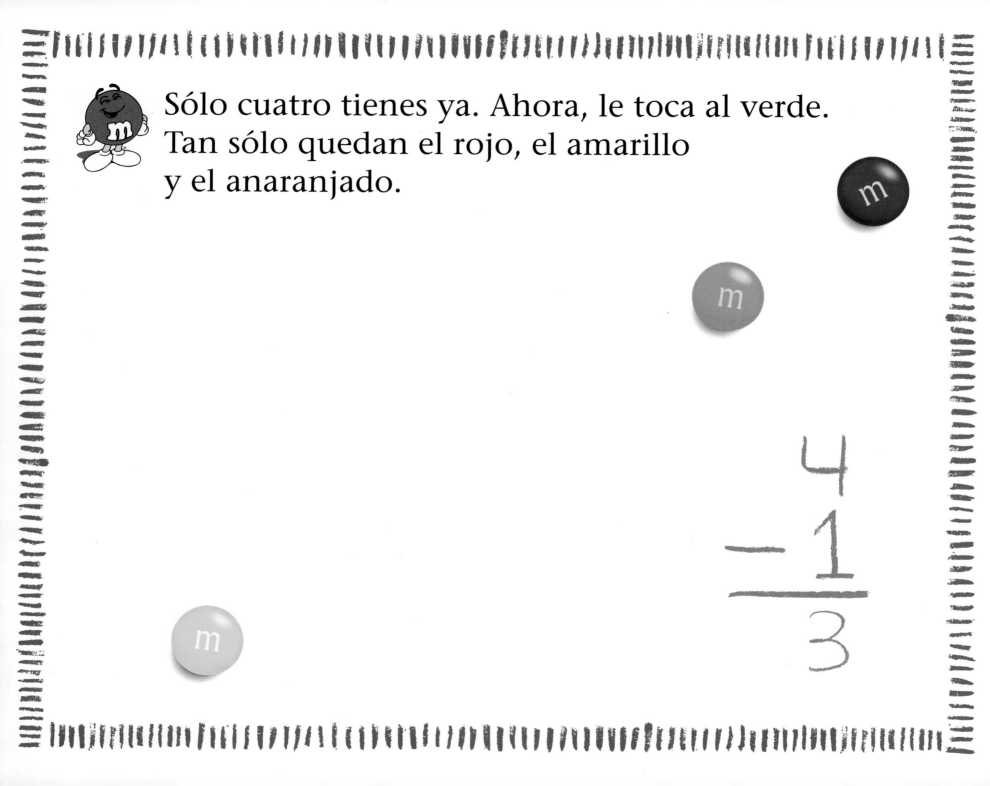

$$\begin{array}{r} 4 \\ -\ 1 \\ \hline 3 \end{array}$$

Ahora, come el anaranjado y una vez terminado . . .
¡Comprobarás que sólo dos te han quedado!

$$3 - 1 = 2$$

Luego, le toca al amarillo que impaciente está esperando.
Contar así es tan divertido,
que el tiempo se va volando.

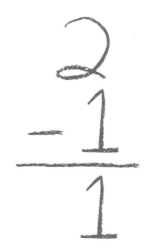

$$\begin{array}{r} 2 \\ -1 \\ \hline 1 \end{array}$$

¿Cuántos quedan al final? Sólo uno. ¡Has acertado!
Come el rojo que es el último y así habrás terminado.

$$\begin{array}{r} 1 \\ -\ 1 \\ \hline 0 \end{array}$$

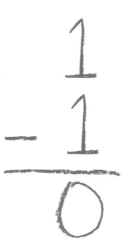

Ahora tienes cero, ya no te queda ninguno.
Has llegado al final. ¡Campeón eres seguro!

¡Felicidades, has hecho un magnífico trabajo!
¡Y para afianzar lo aprendido, aquí tienes un repaso!

Colores:

azul

verde

marrón

anaranjado

amarillo

rojo

Formas:

cuadrado   triángulo   círculo

Números:

1	2	3
Uno	Dos	Tres
4	5	6
Cuatro	Cinco	Seis
7	8	9
Siete	Ocho	Nueve
10	11	12
Diez	Once	Doce

Los conjuntos de 12:

1 Conjunto ● ● ● ● ● ● ● ● ● ● ● ●

2 Conjuntos ● ● ● ● ● ●   ● ● ● ● ● ●

3 Conjuntos ● ● ● ●   ● ● ● ●   ● ● ● ●

4 Conjuntos ● ● ●   ● ● ●   ● ● ●   ● ● ●

6 Conjuntos ● ●   ● ●   ● ●   ● ●   ● ●   ● ●